足跡

菅原みえ子

かりん舎

足　跡

菅原みえ子

題字　大角心星

目次

I

夢の滝

はなびらが
ふくらはぎにとまりました
気づかないフリしていると
桜が咲き出し　ため息なんぞつくのです
逃げ水がやってきて
あたしごと攫ってゆく

じゃれ合うさまを
頬杖ついて眺めてた

ふるふるるる　身ぶるいしました
ひらひらら　あたしから零れおち

もう誰もいません
蜃気楼だけがわらっています

桜色に光る蝶たち
語らいながら漂っています

誰の夢を渡ってきたの　あなたたち
誰の夢を昇ろうとしているの　わたしたち

翅の少年

ぼく　もう行かなきゃならない
ここには　いられないんだ
（その右肩は淋しく傾いでいる）
ねえ　ぼくの背中みて
むずむずするんだ
きっと　うす青の翅が生えるよ
お前は翔べるのよってママが言ってた
（その尖った貝殻骨は月のかけら）

ぼく　これからどこへ行くの
おしえて
　（その伏せた瞳は露草）

キーン
サヌカイトが響きわたる
凍える夜天《そら》に
月の尾っぽがゆうらりゆらり
透けた穂先がふるえる翅を愛撫する
眠りつづける巻貝が
か細いうなじを唆す
ぼく　もう翔ばなきゃならない
ねえ　ちゃんと翅は生えてる
（立っている真珠色のかげろう）

ありがとう
ぼくの話を信じてくれた
たったひとりのひと
あなたが翅をおくってくれた

さようなら
やっと翔べる

層

白くはにかんで男は立っている
とおく眩い夢の中に
それから
いくつ夢の層を重ねたろう
男は胡座姿で待っている
あの日の若さを手土産に
（おや、たしか）
だが握り返したその手は暖かい
ふたことみこと　言葉を交わす

と　層はグラリ傾き　うねり始める
歪んでゆく男の額から頬から
じたじたと滲み出てくる
水のようなもの
――いま　満ちてゆく私たちの海

（こうして旅立ったの　故郷へ）

私を褥に
目を伏せる海にむかって
ゆるゆると　溶けてゆく
流れてゆく
その耳もとに　口づける

くまちゃんの腕

くいっと海を突き
にょきにょきと延びた拳の
防波堤にまたがり
ももいろ風に吹かれている
頬も腿もすべらか
十代の少女になっている
ナニモノカにふわりもたれ
放埒にからだを預け

背にひろがる草原
きこえてくる漣のくすくす笑い
ゆれているのは月色小舟
それとも　ぶらんこ
うっとりと柔らいでゆくわたしたち
気配する　背のモノがおそい来る
そろりそろり　Ｔシャツの下の素肌を這う
おずおずと図々しく　乱らで清らなそのまさぐり
手だれの聖なるゆびさき
たっぷり馴じみ合った恋人のようなその愛撫
はじめてなのに　なつかしい
丹念にいとおしむ
掌の
コスモス

翌日　六十歳の少女は
角田光代の小説『くまちゃん』を開く
ゆうべのナニモノカがウィンクしている
お花見会に潜り込み
そのまま女の部屋へも潜り込み
肉体と魂にも潜り込んだ
凄腕快楽青年『くまちゃん』
主人公お気に入りの
柔毛の愛撫上手

〈明日〉の
〈ふられ小説〉から
き
ゆ

る
き
ゅ
る
き
ゅ
るるる
か
いな
の
び
てきて
悪
さした

レイト

　ねえ　ここなの
ちいちゃなかいな
狼煙となって　ゆれつづけ
　ぼくレイト
よるくまさんの闇の色
マドンナブルーの繋ぎ服
末っ娘　玲《レイ》の幼顔そっくり
やわこくてま白なその子
（玲人《レイト》　玲のかたわれか）

菫が一片飛び込んだ
とくんとくん　息づき　羞じらい走り抜け
そよよ　始原の笑い広げて見せる
だが　まなこは闇に縛られ
傍には白衣の女
宙づりの黒い染みがほくそ笑む
部屋を出て数歩　気付く
（この夢から連れ戻さなきゃ）
急ぎ扉をあけると
件の白衣女
「え、可愛い男の子、そんな子いません
さっきも今も」言い終らぬ内
白いもやもや　すうっと横切り
お辞儀のようにくねり　壁へ抜けた

玲人　冷人　涙人　零人
囹人　あそこは檻だった
隷人　あの女に従うしかなかった
春の息吹のここちよさ
とともに気付かせた
霊途　霊徒　霊登
よるくまの闇を着て
私の夢をひとひら捲り　滑りこんだ
闇の子供　レイト　ｌａｔｅ
遅れた・死んだ・故・戻人
私は・お前を・夢を・追う・待つ・ここで

＊ 絵本 酒井駒子『よるくま』（偕成社）
＊ 小説 梁石日『闇の子供たち』（解放出版社）

五月を捧ぐ

1　めぐりあう

そのとき　私は私ではなく
誰だったのだろう

あなたは男
私は女
なのに抱きしめてさえくれず
幼な子のように寄り添ってきた

ああ　テラヤマ
そのとき　私は
あなたの母〝ハツ〟さんだったのか
私の
いいえ　ハツさんの胎にぴたり耳を当て
何を聴こうとした
何が聴こえてきた
　産まれる前のあなたと
死者としてのあなたとの交信
（密談――それは修正の？）
夢の中で
あなたはあなたに巡り合え
わたしもあなたたちに巡り合えた

１９６８年　蒸れる夏
新宿の紀伊國屋ビルから
ぬうっと姿を現わした
あの日の入道雲のような肉体ちぢこめ
私の褥に忍び込んだ
修ちゃん*
そのとき　あなたは赤ん坊
わたしは　寺山修司の母だった

＊　寺山はつは大人になっても息子をこう呼んだ

2　みおくる

立ちすくみ見送っている
あなたはいなかった
隣りにはもう一人
あなたの妻だった女
後にあなたの義妹にもなった九條映子
写し絵のように私たち
朧にうつり合い重なって一人の女になった
葬列はあなたの演劇《おしばい》そのものでした
地獄の入口　恐山から届くイタコの口寄せ
蜿蜒と焔のように轟き
無数の幟旗は天空を睨めまわす
けばけばしいその黄はあなたをくるしめた病色

ゆっさゆさゆさ魂ゆすり湧き出てくる
〝天井桟敷〟の男や女
蹴散らかし　躓き斃れては又　飛び跳ね
あなたに五月を捧げようとする
作品《こども》たち

立ちすくみ　愛する男を見送っている
全てが〈寺山修司〉あなたの
天井からの演出どおり

舞踏する女

1　つがる

津軽のしろい闇を引き連れ
ひとりの女あらわる
　雪雄子　ゆき　ゆうこ
（オトコノコノヨウナコドモダッタノ）
おかっぱに白塗りの肉体
生成りワンピースは昔ふう
目つむり　そろりそろりそろ

生きているのか死んでいるのか津軽の婆よ
そんなに生まれたいのか赤児に胎児よ
か細い足には血の色日和下駄
家系を引き摺り先祖の影踏み
たらりたらたら　さ迷いいずる
真赤な塗りの下駄のかど
わずか剥げ落つ淋しい地の色
Tさんに抱かれ雪さんをみつめる遺影の女に
届いたろうか　その欠落のすすり泣き
かつて舞台を共にしたその女は〝日和〟さん
生者でも死者でもなく
老女でも幼な子でもなく胎児でさえありはしない
もろもろの涙が産み上げたまぼろしのひと
ひと舞いごとに晒される

2　溺れる

ふるふる　ふるえる
何者かに　おびえる
ぐにゃり　ゆれはじめる
四つんばいになり　這い回る
何が憑いた　狐が憑いた　犬が憑いた
いや　その姿は姉友子
幾千幾万みせつけられたか
病む姉が見ることの決して出来ない
自作自演の舞踏
覚醒への道行のおぼろな舞い
踊り手は友子独り
観客席には家族しかいない

忘れたい
が忘れる事など出来はしない
闇で鈍光りする
そここそが友子の花道
目を閉じる
封印の滴あふれ出て
過去の川に渦巻かれ
しずしずと溺れる

3　消しゴム

雪さん
テラヤマさんがくれた
かどの丸いちいちゃな消しゴム
ひょいとほおってくださいな
それでひと擦りしましょ
あの夜あなたの耳朶にとまったひとひらの白
　ケサラン　パサラン
すると消える
友子も日和さんも雪さんも観ていた者全てが
あの夜ごと　こっそり寺山さんの方へ駆けてゆく
残るのは
次の朝ひそかに生まれていた私の白眼の中の血

日和の赤いしたたり
それはいつ見つけてくれるの
隠れんぼの鬼さん

＊2002・6・2　一回限りの寺山GAKKAI（札幌）にて
雪雄子の舞踏「ぼくたちの失敗―寺山さんの方へ」

はかみっつ

「どうか　この詩集をお求めになって
吉原さんと同棲してください」と新川さん
市ヶ谷の出版記念会場から
詩集三冊と草稿集かかえ北へ帰る

ひとおつ　緋のいろ　紅いろ　赤児いろ
どくどく　見えない血潮垂らし
密かに《夏の墓》隠しつつ
血の墓一本立っている

ふたあつ　深緑　草いきれ　五月いろ
《肩に赤黒いなまなましいあざ》キスマークつけ
《半日の永遠を過した青い瞳の少年》と
どの迷路を追いかけっこしてるの
きつく《永遠》抱きしめ
木の墓一本立っている

みっつ　水色　あいいろ　涙いろ
《根室まで　走って　走って　湖のほとりに着けば
民宿の　西陽さす部屋のゆりかごの　赤ちゃん》
そのパパさんと海の上
「吉原さん昔〝風蓮〟で朗読なさったでしょう」
波に身を預け　ゆりかごのように頷く

「初めて詩人に・・・触れ…詩の…声を…聴いて…」
走る波しぶきに手渡すようにポツン　ポツンと
遥かの冬のあの日をオホーツクで懐かしむ
八月
故郷根室港から姉妹で乗った
コーラルホワイト号――白き合唱
からたちの花の白は　届いたでしょうか
《八月の鯨》ウォッチングもたけなわ
鯨やイルカは寒い海原を跳び
海鳥はゆうゆうと群青を舞う

やがて　海市がおおきく伸びを始めると
ようよう　舞台女優の御出ましだ
はかなくなっても全詩三冊　胸に抱き

吉原さん　海の墓にすっくと立っている

＊《　》は吉原幸子さんの詩より

Ⅱ

トトントトン　ゴーロゴロ

トトントトン　きこえてる
ばあちゃんのノックです
トトントトン　孫さんよ
今宵の子守唄なんじゃいな
シゲヨさんの「宵待草」
ミサさんの「叱られて」
トトントトン　女たち　夜な夜な集い
変わり番こに　きかせてくれる
むかしむかしのものがたり

トトントトン　踊ります
身振りも上手なサクラさん
紅皿《べんざら》ばなし語ってくれるはシゲヨさん
本当にあった話だよとカシクさんは大風息子
トトントトン　会いたいな
抱かれたことないばばさまたちに
トトントトン　も一度会いたい
声も忘れたシゲヨ母さん
トトントトン　ばばさまたちよ
まだまだあるぞい三千の夜
岩手の山々光る水面　音別原野の木の叫び
日々に流した汗なみだ
寄せ合った心と肉体のほっくりこ
ゆりかごになって抱いておくれ

ねえ君　お願い
ばばさまたちの顔形
姿や仕種　笑い声
まるごと掌に隠してね
こっそり見せておくれでないか

トトントトン　きこえてる

満月ママのお腹から
ゴーロゴロと
ご返信

＊ 紅皿欠皿＝継子譚民話

雪や雪

ホーレ　ホレホレ　よくごらん
真夏に雪がふっている
放れ　放れ放れ　よくほろえ
夏だ今こそ大掃除
ベッドの羽根をほろいましょ
（あたしのいうこと良くおきき
だってあたしゃホレおばさん

ほーれ　ほれほれ　やって来た
君は
ホレおばさんに捕まった
働きもんの娘さん
昼寝のベッドからおっこった
幸せ与えるホレおばさん
叩かれるのは　もうゴメン
とっとと逃げるは天使の翼
（アイヤー　夏なのに雪
ドイツの人たちゃ　腰抜かし
粉　雪
つ　らら
霙　かたゆき
牡丹　雪　ダイヤモンドダスト

どんな姿をみせてくれるの
雪や雪
夏まっさかり
私の「雪」に
てん　から　は　ね
　ひ　と　ひ　ら
ま　い　お　り　る

＊ グリム童話「ホレおばさん」より
ドイツ・ヘッセン地方では、雪が降ると
ホレおばさんがお床をなおしてるという

みどりご

1　ゆきのうた

ゆきゆらゆら
きつりふねゆらゆら
おなかはゆりかご
んふふふゆきおんなささやく
なかないでおゆき

ゆきぽこぽこ
きんのひかりぽこぽこ
えがおふるふる
くぼみにっこり
ぼくゆきえくぼ

ゆきずんずん
きみもずんずん
ぼんやりやめて　ね
うえをごらん
しろくものゆきぼうし

ゆきくるりん
きのうくるりん
まわしつけてんぐのゆきなげ
くるくるあしたもゆきだわら
りんくるりんくるゆきまくり

（ゆき　こんこん
　きつね　こんこん
　　かぜひくな

りん

ゆきせかい　ましろ　やわらか　うつくしい
きこえて　くるくる　ゆきのうた

＊カッコの三行は内田麟太郎さんより

2　匂いたつ

まがったままの勾玉にまるまり
ははのはらに眠りしたいじ
いでしときは満ちたり
くねくねうねうねははのせまき道
くぐりぬけうす紫のうすきひふ
ひいふうふるわせ
おわわくちのあかあか赤ご
みどりのしずくしたたらせ緑ご
青であり翠でもある斑・印・判・帆をたてて
モンゴリアンスポットに旅立つ
ぶちぶち乳のみご
桃のほほ桃のでんぶ桃の腿すべすべ

やわわふわわほわわ
ごはんのできたてゆげあげて
あかごのできあがり
ほんのり匂いたつちちのにおい
父のいのちごっくんかぶりつく
ははのおっぱいは百のもも
あかちゃんねずみのはだのよな
うっすらうぶ毛のおばけ桃
ねぇみどりご
それはなんのあじ
かあさまのかあさまのかあさまのあじ
(ぷかり煙草のかおりしますか)

あさのでざあとぶどうのひとつぶ
あれはすっぱいんだ
桃のなかからきつねがこそりと
耳打ちした

あまつぶ

はるか　の　はるか　また　はるか
幼なご　独り　眠り　ます
　　　ぽ　　　ぴ
あま　つぶ　こそり　忍び　ます
やがて　その　ネ　は　お床を　くるみ
ぴ　　　ぽ
　　　　ぽ　　　　　ぴ
透けた　まあるい　なみだ　つぶ
少女が　独り　縄飛び　しながら　駈けて　くる

お床のまんま　攫われて
ぴた　り　ふたりは　夢を　跳ぶ

　ピッタ　オ　ピッタ　エ　ピッタ　トン
　エ　ピッタ　オ　ピッタ　トンナ　タラ

幼なごは　呪文　つぶ　やく　よぶ　わらう
少女は　みつめる　うなずく　ささやく

　はる　めいて　はな　びら　はもん　はらり
　ほの　ぐらい　ほほ　えみ　ほのお　ほわり
　ゆめの　はな　ばな　あおく　ひかり
　ゆめの　しずく　ぴった　した　たり

幼なごは　ひたいに　あま　つぶ　のせて
眠って　います
ひめ　やかな　なみだの　わを
ふたり　跳んで　います

トンナ　タラ　エ　ピッタ　タラ
トンナ　タラ　オ　ピッタ　タラ
epitta　opitta　ton・natara
みんな　　のこらず　　ひかっている

＊　アイヌ語が一部使われています

扉のむこう

立ちすくんでいるのでした

扉のむこうでは女の子がうずくまっている
と切れと切れに聞こえるしゃくり声
（びっくりしたあと　なーんだお前だったのって
ふたりっ切りでわらいたかったの
だきしめて欲しかった　　　なのに
大好きな母さんをおこらせてしまった）

やさしく肩をとんとんしながら
耳かたむけている子
その背によりかかりうなずいている子
こぼれてくるしずく浴び
花びらの笑みうかべ　透けている子
菫の香りが立ちのぼり少女たちを染めはじめる

あれは私――あの日から動けないまま
あれは娘――やさしく寄りそってくれる
あれは娘の娘――透けているあの子

扉にそっと触れてみた
シーッと声がする

扉のむこうは
置き去りにされた揺籃ひとつ
ゆれつつ眠るわたしの海

もういいだろう
母の声でつぶやいていた

今宵も

1　海人

いつだったのでしょう
母さんに抱かれて眠っていた
（ああ　それはめったにないこと）
ケラケラ　ケラケラ
夢の縁から響くその笑い

うみのうえあるいてたら

すとんとおちちゃった
おちちゃったあたしを
こっちであたしがみてるの
おちちゃってぽかん
みてぽかん
目がさめてぽかん
ヘンテコすぎておっかしい
涙ぽろぽろこぼれおち
母さんの瞳《め》にとび込んだ

母さんは
やがて海の藻屑となり
女の子もとうに母さんの歳を越え

あたしいかなくっちゃ
あの日の夢のそこのそこ
眠るあたしのひとかけら
こぼした涙の一滴
探さなくっちゃ

そうして立ち上がると
女は海人《うみびと》の待つ
夢の袋に片足かけてつき破り
ずぶりずぶり
すすんでゆくのでありました

2　いろ媛がわたせない

そろり
　そろ
　　ろ
こうして長いこと私は螺旋を辿っている
足跡から咲く青いふるえ
気怠いこの旅は虚空をめざす
それとも闇への落下
（ドコヘイコウトシテルノデショウカ）
ようやく浮かびはじめる古びた建物
象牙色の靄に抱かれ
饐えたクレゾールとおののきが漂ってくる

ぐるり
　ぐる
　　る
扉は青ざめ固く唇をかむ
（ダレヲタズネテイルノデショウカ）
（ココダ）手招きする
（ア、オカアサンシンデナドイナカッタ）
広い病室にポツンと一人
肩にはあきらめと月の光がふりつもり
ベッドにおっちゃんこし　こちらをみている
が　瞳は何も映さない
首に巻かれた包帯は淋しく汚れ
（コウシテイクジュウネンホットカレタノデショウカ）

私は一升瓶を大事もっけに抱いている
根室に湧いている〝いろ媛〟の水
（アンナニノミタガッテイタ）母へと一歩
その時　包帯のながき封印解かれ
しゅる
　　るる
　　　　る
　　　　　　舞う螺旋の軌跡から
零れる
　　つぶ　つぶ　つぶ　つぶ　つぶつぶつぶつ
寄り添いきらめき霧となって母子を包む
（コノミズダッタコノミズダッタ）

＊　深沢七郎『みちのくの人形たち』所収「いろひめの水」
＊　いろ媛＝かつて根室にあった清酒名

こたえはシンタにのって

天から睡りのゆりかごが
そらそら　やってくるよ
それ漕げ　やれ漕げ
神駕《シンタ》が下りてくる
フムフム　フムフム
子守唄《イフンケ》うたう
愛しい人たちのせて
ふってきた　ふってきた

ようよう辿り着いた
肩先で待っていた
睡りの天蓋に　つ　と突かれうたた寝をする
両親と姉友子が来ている
あ、一人消え
「父さんはホテルに戻ったよ、執筆だって」
（おお念願の日々、でも素人なのにホテルとは）
「じゃ、私も」いそいそと病院へ戻る母
（やっぱり今も入院なの、そこが一番だなんて）
残るは姉一人
「友ちゃん　ずっとこの家で暮らそう」
きっぱりと告げる自分の声に覚醒される
いつも死者に問うていた
（姉が病を得たので　妹を欲しかったの）

疑いは凝りへと育ち
太く巻きついて離れない

ふりそそぐ春のぬくみ
届けられる波の子守唄《イフンケ》
神駕《シンタ》に私をのせ
やさしくゆらしてくれるのは
だあれ

天から睡りのゆりかごが
それそれ　やってきたよ
それ漕げ　やれ漕げ
神駕《シンタ》に　のって
フムフム　フムフム

こたえが
おりてきた　おりてきた

＊　久保寺逸彦『アイヌの神謡』（草風館）参照
＊　シンタはアイヌ語で〝揺すり台（ゆりかご）〟。
その形からホーチプ（舟）ともいう。下が簀になっている
ので通気性がよく、おむつカバーのない昔、便利だった。
——萱野茂『カムイユカラと昔話』（小学館）「解説」より

足跡

啓蟄である
三月五日である
六十三歳おしまいの一日である
本を背負い　重い足取りで第一小図書館へ
みどり橋の中程で　ちょいと一休み
幾春別川を挟み　広がる雪のはら
片側に点々と足跡
虫たちが目を覚ました
子供たちが飛び回った

いつのまにか　隣にマスク女
「きつねかね」
（コホホムとも聞こえ）
追われていたのだろうか
学校側から逃げ　川岸にたどり着き
ひと息入れ　更なる彼方へ宙をとぶ
エゾリス　ウサギ　キタキツネ
冬の動物たちよ
何から解かれたかったの
私の日々もそうだったろう
ルルモッペのけあらしに耳を傾け
ネパールの闇に死者と語らい
ニムオロの流氷の青に足を踏み入れ
零れる澱みを掬い　捧げてきた

残されようとして足跡は在る
この足跡もあっけなく消され
刻印される

背中合せ

朝まだき
父が立っている
ほれ、と背を向け両手掲げる
背中合せしようっていうの
（ずうっと背中合せだったでしょ）

北国の五月はうそ寒い
〝亡き父登場〟を詩にしたばかり
父は詫び　和解成立のはず

（お父さん　まだ何か）
ま、ここはひとつ
しおらしく折れて父に合せましょう

万歳し　くいっと屈む私の背に
父はひょいと羽根のっけ
羽根は光るつぶつぶ降り零し
光つぶは温みの滝のしぶきあげ
滝のしぶきは怒涛となってなだれこみ
熱い光の束が私の欠落を埋め尽くす

父とのぎっこんばったんを
ぽかんと見ている二人の女の子
幼い日の姉と私か　娘たちか

「見ててよ　すぐ替わるからね」
それを合図のように
くるり背を向け
父は消えた
誕生から百四年
はろばろ背を押しにやって来た
五月生まれの死者
六十五歳のあなたの終着は
ようやっと私の起点となった

立入禁止

二月の故郷を訪れる
「あ、流氷？」
「いや、蓮葉氷。仲々来なくなったよ」と兄
真夜中　ひとり生家跡に立つ
生まれたのは呉服店だ
水道屋、車の会社、新聞社と貸し
やがて教会と見紛うシャレた浄化処理場に
生まれ変った
ひたすら清めと瞑目をくり返すその建物

今は埋められた恋問《こいとい》川を渡り海へ
仄白い闇がはにかんで迎える
ああ　ここが私の庭だった
命日にひと月早い父の三十七回忌
海のない街に住む娘に呼んでくれたか流れ氷を
おさなごに戻りポンと飛びおり
透き間にすいっと身を入れる

黒いジャンパーの男盛りの父
商売を始めたばかりで瞳も黒く輝かせ
モダンなパーマ髪に大島のお対がよく似合う
よそいきの顔した病む前の母
あ、姉さん
すらり流行のワンピース着こなし気取ってる

病も哀しみも綺麗さっぱり脱ぎ捨てた
凍てつく氷の下を泳ぎ回っている
イキのいい幼魚の私
青い影ゆらめかせ微笑む家族に応えている
不安もおののきもなく伸びやかに
（コンナニシアワセダッタ）

ぎいいい　流れ氷が言挙げする
目を伏せ遠ざかるあの人たちに
深々と一礼して去る
じったりじったり
私の裡から滴る
うつつのひかり
浮かび上がる四文字は

立入禁止

こんぴらさん

チャーン　待ちくたびれた人をゆり起こす
ポン　海の男　根室の大地を突くよ
眠り人　身を起こし野太く返すエンヤのかけ声
　チャーン　ポン　エンヤ
　チャンチャン　ポンポン　エンヤエンヤエンヤ
ほら　やって来ますよ〝金刀比羅神社祭《こんぴらまつり》〟
あの夏　病床にいた今は亡いお父さん
お母さんも骨のままでいい　早く来て
三人であの日を生きましょう

一本歯の高下駄で錫杖かかげる天狗さん
あかあか鼻を天空堂々そびえ立て
雅やかなる馬上の父子は宮司《こんぴら》さん
どおっ　どよめきの風が巻く
神輿の登場だ
白装束に黄色い肩当て
白ちょうの群れがゆらりゆらり
「お父さん　あの人たちは鳥の化身でしょうか」
シャラリン　冠鳴らすは稚児行列
鼻筋一本白く塗りおちょぼ口稚児は六つの妹
肩揚げ着物で大人のように付き添う八つの私
お母さん　あなたの縫った赤い襦袢で
輪になった踊り子たちの花が咲く
あの鈴を付けたのは中学生の私

手古舞真似て　シャンシャンシャンシャン
一緒に跳ねてみた
仕上がりは上上
あの幸せ鳴りは今も響いています
やっと祭典区の山車が見える
先導するはお父さん　若い日のあなた
黒紋付羽織に委員長のたすき姿もキメて
商売繁盛　家内安全　祈願成就
人生一番の輝きです
ああ　半里にも渡るおねりは消える
人いきれがけだるく囁く
「この街の短い夏はもうお終い」
すると
オホーツクの海や北方領土《しま》の島から

死者たちのためいきが湧き
ニムオロの街は
すっぽりと乳霧に隠される

Ⅲ

ミッシャンの夢

「颯爽と馬にまたがり大草原をどこ迄も走ってた
目が醒めてはっきりわかったんだ
俺はモンゴル人だって」
それならミッシャン　そのとき私はなんだった
あなたを乗せて駈けていた白い馬
草原の穴からひょいと顔出すタルバガン
着ていたデールの腰の帯
それとも　広い額から滑り落ちた光る汗
ねえミッシャン　そのとき私はなんだった

蒼い蒼いモンゴルの空だった

＊　ミッシャン＝夫の愛称
＊　タルバガン＝リス科の小動物
＊　デール＝モンゴルの民族衣装

マナス朗唱会

太陽が復活するという
この日　あなたはあらわれた
キルギスの日なたの匂いを連れて
ロシアでは冬籠りの熊がコトリ寝返りを打つ
(聞こえましたか)
日本では中風にならないおまじない
南瓜を食べるんです
キルギスにも冬至はありますか
今日から昼の時間が畳の目一つ丈長くなったところで

さあ　あなたの国の英雄叙事詩
〝マナス〟のはじまりはじまり
　ムロンクァルバンカラランツルス
　カラランオグスカンアランチャカン
・・・・・・・・・・・・・・・・
♪
　トコムジョオーハータンデー
　トヤススハンディケィテンデー
・・・・・・・・・・・・・・・・
一息に語ったあと歌うように節が付く
十三歳からあこがれた日本で
アセーリよ　何想う
頬上気させ　口伝えのマナスきかせる
あなたは二十歳の娘詠唱人《うたいびと》――マナスチ

漂う千年の時空を
七代も前からの祖先の声が木霊する
それぞれの草原が
写し絵のようにぼうっと立ち昇る
マナス
はじめて聴くのに懐かしい
「花いちもんめ・・・」
「かごめかごめ・・・」
「わらべうた・・・」
「ユーカラ・・・」
「お経かな」
「いや、ご詠歌に似てる」

マナスは　ｍａｎａｓ《呪力》
マナスチは魔名吸血
死者や病人に命をとり戻す力があるという
ああ　アセーリ
わたしも身体の奥深く
眠っていた〝だれか〟がコトリ
寝返りを打ったようです

＊　マナス＝キルギスの伝説的英雄マナスを称えた叙事詩
＊　アセーリ・チョトバエワ＝道教育大札幌校へ当時留学中

シムシメパニ

古都バクタプルのレストラン
毛布を借り横たわる
雨音にまじって男たちの声がする
「こんな雨のことを日本ではどういいますか」
「しとしと雨といいますね」
「あーネパールではシムシメパニといいます」
それまでしとしとしとしと　降っていた雨が
シム　シメ　パニ　シム　シメ　パニ　シム
ネパール語で降り出した

「こんな雨のことを男女のどっちつかずの
間柄や状態のこともいうのです」と
〝おしんちゃん〟そっくりのミナさんと大恋愛で
結ばれた通訳のプラカシュさん
「強く降ったあと　パッと晴れるのを
きつねの嫁入りといいます」
（さて、これはどっちの国の人？）
上ずった声で
「おお、日本でもそういいますよ」とM氏

親切な毛布にくるまって
胃の中もあったまって
ちょっとそれらしい気分もわいてきて
どっちつかずの体の案配

ずるずるネパールに居続けようか
シ　ム　シ　メ　パ　ニ　シ　ム　シ　メ　パ　ニ
　ダ　ラ　ダ　ラ　ダ　ラ　ダ　ラ　ダ　ラ　リ
ヅ　ル　ヅ　ル　ヅ　ル　ヅ　ル　ベ　ッ　タ　リ
と

ブータン——プナカ・ゾンのほとり

ヒマラヤが零した涙つぶ
千年の万年の眠りに結ぼれ雪となり
両の手で掬い結惚れ突き矢振り
産まれいずる生《む》す子
たらたらりちろちろり流れ流され
とうとうポー・チュ——————おとこ・川
堂堂と聳え立ち剛剛の波ども従え
荒ぶる一枚の青き帯
天空を突く

ヒマラヤが零した涙つぶ
千年の万年の眠りに結ぼれ雪となり
両の手で掬い結惚れほとり
産まれいずる生《む》す女
さやさややゆるゆるる流れ流され
とうとうモー・チュ――――おんな・川
徐ろに横たわりしとやかな波をかしずかせ
くねる一枚のうす桃帯
天空を上ぐ

ひと夜
眠れぬ青き帯しゅるるしゅる桃帯に巻きつき
クルル　からまり　ほど来　ほどかれる
結びめ

蒸す生す産すむす・こ・むす・め
ポー　赤赤なる男
モー　ももも女
チュ　かわ　いい
天晴れふたつ川結す晴れ
プナカ・チュ

女川その帯ひもようよう解かれ
ながながの桃布の広がり
ジャガランタの紫ふりそそぐなか
からだくゆらせ
ゆき　まする

ひべるにあ

――海の神さま　ちょっとあっち向いて
背をむけしゃがむ女の子
ちいちゃな水たまりにきらめく虹のかけら

ゆうべ歩きます
ゆうべ歩きます私は　海に向かって
うす青い足首をさざなみが撫でてます
はるばるとオホーツクを闊歩します
まっすぐ前は弁天島

ここへは行きません
（昔　流氷原をオズオズと渡ったもの）
右は金比羅《こんぴら》神社さん
ここへも行きません
（昔　花嫁姿でシャナリシャナリと）

左
左へ
海遊びをしていて行こうとすると潮あふれ
とおせんぼ
回れなかった岬町へとむかう左側
そこは涙香岬・ルイカ（アイヌ語で石の橋）
みえない石が積まれ
みえない橋が架けられ〝遠せん棒〟

左です
左なのです
ゆうべ歩きます私は　海の面を
国後《くなしり》おばけが手首くねらせ
ニムオロの霧が背を押してくれます
膨らんでしまった女蜃気楼は漁《すなど》ります
魚を貝をこんぶをホヤをヒトデを
どんどん肉体に詰め込む
私は漁舟《すなどりぶね》
さあ　腹ごしらえは出来た

左なのです
左をめざすのです
ゆうべ歩きます私は　海の胎を一匹の魚となって

背びれも尾っぽもないちっぽけな勾玉に変わり
もがきます　くねります
左へはとどきそうもない

ゆうべ歩きます私は　海の皮膚を
ゴッドマザーとなって娘らを従え
この夜　海は甘ったるく香り
うす桃のベールにくるまれ和毛にあやされ
ぽからんぽからん　女たち浮かんでいます
左へはそよとも向かわない
夜な夜な探し続ける海探し
夜毎夜毎尋ね倦んだ海歩き
幾千回　海の色を数えたか
幾万枚　海の皮膚を捲ったか

今夜歩きます私は　左の海を
ようやく赤裸になれた一匹の女として辿ります

今夜立っています私は　ひべるにあ島のディングル半島に
ライアンの娘がおもむろに傘を差しかけ迎えてくれます
渦巻くケルトの海の波間に漂う古代人の首
一勢に語りかけてくる無数の〝眼〟
巨人の石たちゴロゴロ笑い出す
――海の神さま　ちょっとこっちむいて
とおいいはるかの海で
虹が声も立てずにぼんやり笑った

＊　ひべるにあ＝アイルランドのラテン語名
＊　涙香岬　＝桜木紫乃『風葬』（文藝春秋）
＊　「ライアンの娘」＝　デビッド・リーン監督の映画

アムールへ

ロシアです。ロシアへ行くのです。長靴、寝袋、銀マット、おい、虫除けスプレーも要るぞ。夫一声ごとに軽くなり荷物どんどん重くなる。父と屋根の上での昔昔、柾釘含んだ口の怖さ。あの日の釘ひょいと一本又一本飛び込みます。デング熱騒ぎの丁度あの頃です。まずは家を出る。ハバロフスク州クラスヌィヤール村へは、はい57時間かかりました。もし札幌からハバロフスクへの直行便なら1

時間半、そこからバスで5時間、前後入れても10時間。なのに6倍です。あの柾釘と幼い日からひっかかってる喉の小骨、66年間のあれやこれや固まり成長異常拡大鉛の錘りとなり果てた私めでございます。村迄今回11時間バスにゆられ。くくいっと私だけハバロフスクへ引き戻されるような。忘れ物でもしたのでしょうか。三日目ホームステイ先に着きます。女猟師タチアナさんは何とも色っぽい。

朝、ウリマ山へモーターボートで向かいます。夫がミーシャ、私はマーシャ、I氏はミーチャ。いつの間にかロシア人。名付け親は通訳のエカテリーナ。女帝には逆らえませぬ。

ボート操るはウデへのイケメン猟師リョー

シャ。雨女に嵐呼ぶ女、雷親父もいたのでしょうか、雨と雷鳴浴びて、ビキン川＝ウデへ語で嬉しい川を下流から上流へ流れに逆らい昇ります。リョーシャ突然叫ぶ。（ロシア語？ウデへ語？）あ、熊の子だ。「てえへんだ、てえへんだ」と熊語で言ってるよ、多分。つかまらないぞと転がるようにすべりおち、ウーフはズトンと母さんに抱きついた。誰か河辺で雨の中ゆうゆうと手を振っている。大物だなあ。もしやデルス・ウザーラか。「いや、女だよ」一瞬の事でございますゆえ。ふいに華麗な狩人衣装の美丈夫が両足広げ、大きく川を跨ぐ。くっきりと美しい虹の誕生です。彼をくぐり抜け、四時間後森へ着きます。泊るは狩猟小屋。鹿皮ぶらり外壁で見張りをし隠れ蝙蝠はストーブから見事逃亡致します。夫とまま焚きおばちゃん先に眠ります。「クルルッ」とおばちゃん巻くと「プウー」と夫開きます。クルルッのプウー、クルルッのプウー。二人で手打ちでもしているのでしょうか。「ニチロカンケイコヨヒモイチョウナシナンノモンダイモアリマセン」

くっくっくっ忍び笑いウリマの森に不気味に響き、誠に平和にここタイガの夜は更けてゆくのであります。

アムールの支流の支流ビキン川。美琴川。美しい琴がひっそりと鎮座まします。厳かに生命の調べを奏でます。この「嬉しい川」で出直そうと顔を洗います。料理をします。口に含んでみます。魂も洗ってみます。全身全霊とくとく動き出し、甦りの水であります。旅も終りのハバロフスク。ホテルの朝まだき、プウーの夫に「アムールを見て来ます。すぐ戻ります」のメモを残し裏へ。

海でした。アムール河は海でした。故郷根室の海なのでした。怪嵐《けあらし》うっすらたちこめ見えないものたちの白い影がゆれています。あなたはシベリアで果てたというFちゃんの伯父さんですか。流刑されたというウデへ族の人ですか。それとも日本兵の方々ですか。声にならない声で呼びかけます。叫びます。真冬にアムールから流氷と共に根室迄やって来ているあなたたち。白鳥に姿変え、シベリアと日本を行き来し、私の空で一声キューンと泣いているのはあなたたちではないですか。

ふいに肩に手が触れる。ハバロフスクのラーゲリにいたというその男《ひと》だろうか。沈黙のまま一緒にアムール河を私の海をみつめてくれる。その時ようやく気づきます。ハバロフスクの頑丈な建物に石を積んだ日本人捕虜。その建物にこっそり塗り込め隠した秘めやかな手帳。その持ち主で左官の隠しびと、詩人Y・Iさん。あなたが呼んでいた、引いていた、ゆるりゆるりと歳月かけて釣り上げてくれた。

この日　シベリアに私はいた。
錘りをそっとアムール河に捧げていた。

＊　神沢利子『くまの子ウーフ』（ポプラ社）
＊　参照　勢古浩爾『石原吉郎　寂滅の人』（言視舎）

菅原みえ子
一九四八年　北海道根室生まれ

詩集　『恋問川』（二〇〇五年・かりん舎）
「文学岩見沢」会員
詩誌「韻」発行人
「青芽」同人
「北海道詩人協会」会員
「日本現代詩人会」会員

現住所
〒〇六八-〇〇四五　岩見沢市北五条西十七丁目二-四

足跡

二〇一五年五月十日発行
著　者　菅原みえ子
発行人　坪井圭子
発行所　有限会社　かりん舎
札幌市豊平区平岸三条九丁目二－五－八〇一
ＴＥＬ　〇一一－八一六－一九〇一
印　刷　株式会社　アイワード
製　本　石田製本株式会社
ISBN978-4-902591-21-7